ODE AU ROI,

A L'OCCASION DU RETOUR

DE M. DE SUFFREN

De son Expédition aux Indes Orientales,
pendant la dernière Guerre.

Par M. GAUDBERT.

Victorque volentes
Per populos dat jura, viamque affectat Olympo.

A PONDICHERY,

Et se trouve A PARIS,

Chez les Libraires qui vendent les Nouveautés.

M. DCC. LXXXIV.

ODE AU ROI

A L'OCCASION DU RETOUR

DE M. DE SUFFREN.

CHASTE fille du Ciel, vierge augufte & facrée,
Des aveugles humains fouvent peu révérée,
O bienfaifante Paix, amante de LOUIS !
Quand j'invoque pour lui les filles de mémoire,
Dévoiles-moi fa gloire,
Et raffures mes yeux près du trône éblouis !

Non, l'orgueil faftuéux que revêt le Monarque ;
Ces gardes, ces faifceaux que renverfe la Parque,
Dans ces jours de vengeance écrits par les deftins,
N'en fauroient impofer aux regards du vrai fage :
Il prife peu l'hommage
Qu'à ce vain appareil accordent les humains.

A

Par le frivole éclat d'une gloire éphémère,
Dupe des vils flatteurs comme le fot vulgaire,
Tranquille, il ne voit point fes jugemens furpris ;
Il range les Rois même en la foule commune,
      Et jugeant la fortune,
Interroge leurs noms fur les tombeaux écrits.

Mais celui-là reçoit fon encens légitime,
Qui, père de fon peuple & puniffeur du crime,
Obtient par fes vertus un renom immortel ;
Que Thémis qui l'inftruit, du haut du ciel contemple,
      Purifiant fon temple,
Et dans fes murs déferts relevant fon autel.

O Mufe ! redis-moi quelle main bienfaifante,
Quand de la Seine en pleurs la Nymphe languiffante
Sur fon urne glacée attendoit le trépas,
Guida les pas tardifs de l'altière Opulence
      Au toît de l'indigence,
Des linceuils de la mort couvert par les frimats ?

Nous avons vu LOUIS, pofant le diadême,
Pour l'homme en ce moment dépouillant le Roi même,
Recevoir l'infortune en fes bras paternels,
Et dans le monde entier dont il étoit l'arbitre,
      Obtenir ce haut titre
Que l'humble Piété donnoit aux Immortels.

Près de lui, fa Compagne, l'honneur de notre France,
Des Dieux hofpitaliers retraçant la préfence,
Diftribuoit des dons par fes mains ennoblis ;
Tandis que préfervé d'un défefpoir farouche,
   Le pauvre fur fa couche
Béniffoit le foutien de l'empire des lis.

Ainfi, quand il commet le foin de fon empire
A ce génie actif que fon regard infpire ,
Miniftre vigilant de fon jeune Héros,
Il dépofe un inftant le faix de la couronne,
   Et joyeux , s'abandonne
A ces délaffemens des plus nobles travaux.

Cependant, qu'en dépit d'Albion confternée,
Du Pacificateur de la terre étonnée
Je vante les vertus dans mes novices chants,
Les lugubres échos des pôles de la terre,
   Qu'atteignit fon tonnerre,
Retentiffent encor de fes coups expirans.

A travers ces vapeurs qui nagent fur l'abîme,
Quels font ces mâts nombreux dont l'orgueilleufe cîme
Livre aux enfans des airs fes riches pavillons ?
C'eft toi, vaillant Suffren : ami de la victoire,
   Approche , & qu'à ta gloire
J'ajoute de ma main quelques foibles rayons.

Deux fois oſant braver les feux de l'écliptique,
Ce Héros, franchiſſant l'un & l'autre tropique,
Du Dieu de la lumière arrêta les regards ;
Et du Gange effrayant les Nymphes fugitives,
Vers ſes fangeuſes rives,
Guida ſes fiers Guerriers au milieu des haſards.

Thétis qui le voyoit, préparant ſon audace,
Ceindre le fer vengeur, & porter la menace
Sur ces bords gémiſſans dans les fers d'Albion,
Sur le liquide azur, crut encore d'Achille
Porter la nef agile,
Et le courroux fatal aux remparts d'Ilion.

Mais bientôt, au fracas dont retentit ſon onde,
L'Océan ſe levant de ſa voûte profonde,
But le ſang ennemi de ſes pâles tyrans,
Et vit ſes flots enflés, préparant leur naufrage,
Sur leur propre rivage,
Revomir de ſon ſein leurs cadavres ſanglans.

Tandis que de l'Honneur champion intrépide,
Tu portois de ton bord le carnage rapide
Dans leurs rangs à ta voix d'épouvante glacés,
Que n'ai-je pu te voir, lançant au loin la foudre,
A ton tour mettre en poudre
L'orgueil de ces rivaux ſous tes coups renverſés !

Libérateur des mers sous leur joug enchaînées,
LOUIS voit par ton bras remplir les destinées
Qui gardoient à son règne un los si glorieux ;
Par d'assez hauts exploits ta valeur occupée,
    Peut poser son épée,
Objet d'un juste orgueil pour tes nobles aïeux.

Au milieu des chansons dont retentit la plage,
Le Nocher qui de l'Inde a tenté le rivage,
Menant son jeune fils partager ces transports,
Lui montre sur les flancs des jaunâtres carênes,
    Les dépouilles lointaines
Des hôtes de ces mers transmigrés dans nos ports.

Au bruit tumulteux des concerts d'alégresse,
Sur le cristal des flots que le zéphir caresse,
Le Pasteur de l'abîme, entouré des Tritons,
Voit changer en riant aux blondes Néréides,
    Leurs écharpes humides,
Contre l'or des tissus de tes fiers pavillons.

O ! que n'a pu ma Muse, ainsi que Prométhée,
Sur le double sommet par les airs emportée,
Au Génie enlever ses feux sur son autel !
Que de Héros fameux eussent dans mes ouvrages,
    Passant la nuit des âges,
Obtenu de la terre un encens immortel !

Aux autels de l'Hymen, vas, porte tes offrandes,
Charmante La Fayette ; enlace de guirlandes
Le front de ton Hector par tes mains défarmé,
Toi, dont les tendres pleurs, touchant le noir Monarque,
Ravirent à la Parque
L'objet des chaftes feux de ton cœur alarmé.

Infortuné Coëdic, de nos guerriers l'élite,
Puiffent mes triftes chants, aux rives du Cocyte,
A ton ombre conter nos mortelles douleurs,
Quand l'Anglois indompté, qui fous ton bras fuccombe,
T'étreignant fous fa tombe,
Nous vendit fon trépas au prix de tant de pleurs !

Guichen, Crillon, d'Eftaing, qui des mains de Bellone
Vîtes ceindre vos fronts d'une noble couronne,
Avec moi des combats déplorez les hafards,
Vous dont l'œil attendri vit defcendre fans nombre
Dans la demeure fombre,
Les guerriers qu'au trépas menoient vos étendards.

Tel que du haut des airs fignalant les orages,
Sur un trône de foufre entouré des nuages,
Vient gourmandant l'éclair & les feux dévorans,
Le fils aîné du Ciel, le tonnerre effroyable,
De fa voix formidable,
Sur nos toîts écroulés prolongeant les accens :

Ainſi prenant l'eſſor ſur ſes ailes funèbres,
Le démon des combats, du ſéjour des ténèbres,
Impatient, venoit moiſſonner les humains,
Amenant ſur ſes pas la mort inſatiable,
  Dont le fer implacable,
Toujours ſanglant, dégoutte en ſes livides mains.

Mais LOUIS, ſur ſon front appelant la menace,
Bientôt d'un ſeul regard confondit ſon audace,
Et le précipita dans ſes antres profonds,
Où le monſtre étouffant ſes dernières victimes,
  Pouſſe, des noirs abîmes,
Un ſouffle qui du jour fait pâlir les rayons.

Le Commerce déja levant ſa tête libre,
Des tréſors de Plutus entretient l'équilibre,
Et ſous ſa conque d'or voit ſe courber les eaux,
Sans que du Léopard la flottante bannière,
  Aux deux bouts de la terre,
De ſon aſpect encore alarme ſes vaiſſeaux.

En vain, fière Albion, ton antique opulence,
De tes fils aveuglés nourriſſant la licence,
T'enorgueillit encor d'un éclat qui n'eſt plus ;
L'arbre chéri des eaux, le peuplier ſuperbe,
  Alors qu'il gît ſous l'herbe,
Ne voit point reverdir ſes rameaux abattus.

Ainfi des Nations le vengeur & le père,
Ami d'un peuple libre & fon dieu tutélaire,
BOURBON, d'un joug honteux affranchiffant les mers,
Des Héros de fon fang égalant le courage,
Au matin de fon âge,
Sous un fceptre de paix embraffe l'univers.

F I N.

www.ingramcontent.com/pod-product-compliance
Lightning Source LLC
Chambersburg PA
CBHW061517170626
46811CB00004B/1745